工藤纪子幸福之旅系列

小休和阿兜

好饿好饿的露营

〔日〕工藤纪子 绘、著

周龙梅 译

海天出版社
HAITIAN PUBLISHING HOUSE
·深圳·

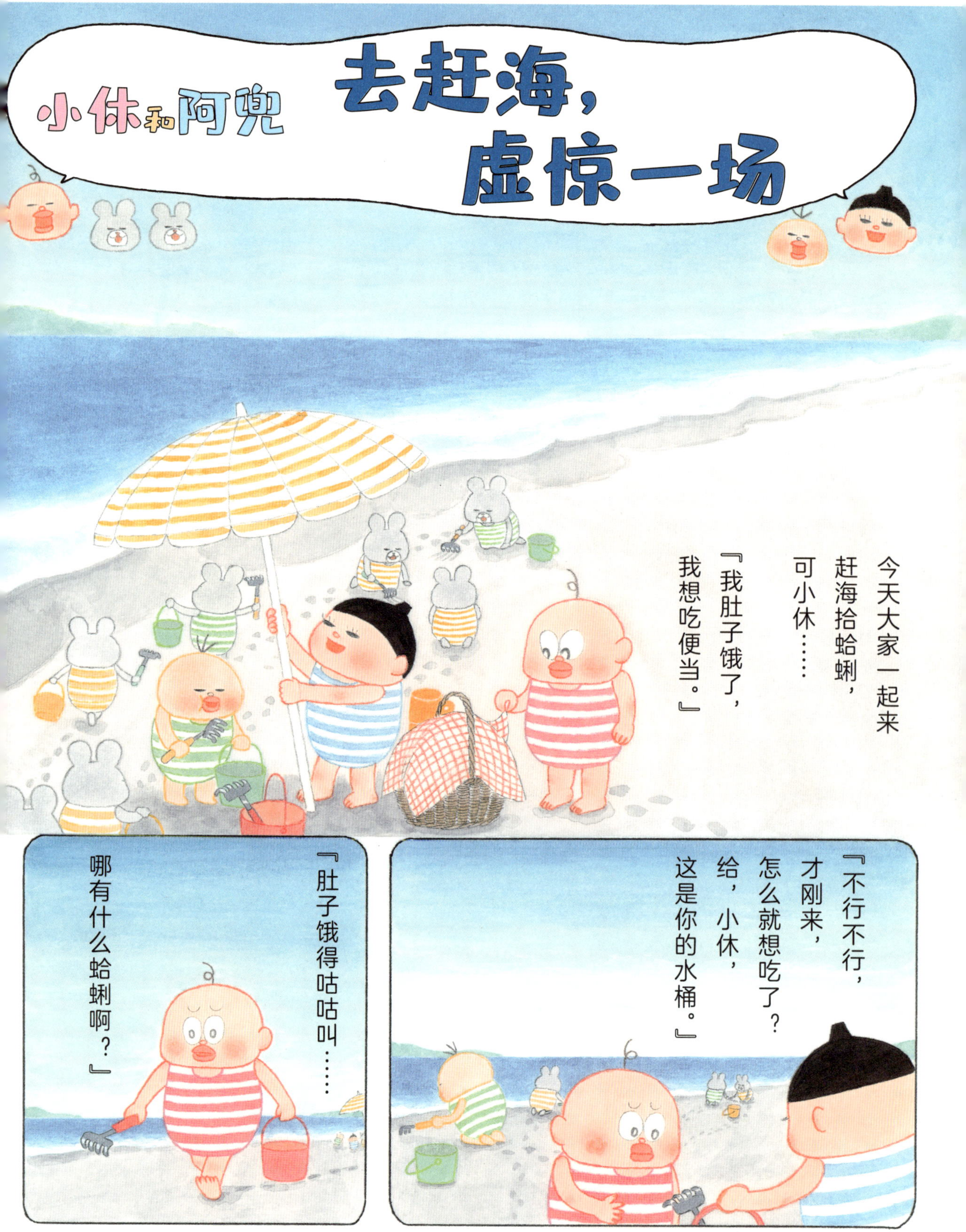
小休和阿兜
去赶海，
虚惊一场
今天大家一起来
赶海拾蛤蜊，
可小休……
「我肚子饿了，
我想吃便当。」
「不行不行，
才刚来，
怎么就想吃了？
给，小休，
这是你的水桶。」
「肚子饿得咕咕叫……
哪有什么蛤蜊啊？」

「啊，找到了一个！」
「咦？里面怎么是空的……」
「有了！」
东张张，西望望。
「悄悄地……」
哒哒哒，哒哒哒！
「在这里就不会被大家发现了。」
「我要开动啦！」
啊呜啊呜啊呜……

「啊，太好吃了！我吃饱了。」
「啊嗯，啊嗯……」
扑通——
「呼——呼——」
荡来荡去，荡来荡去。
「捡到了好多好多蛤蜊啊！」
「该吃午饭了。」
「啊，肚子好饿啊……」
「哎？便当不见了！」
「你们看，脚印……」
「朝这边去了！」

「啊，是小休！」
「被海浪冲走了！」
「不得了了，快划船去追吧！」
「呼，好舒服啊。」
「哎呀，鲨鱼!!」
就在这时，呼地刮来一阵海风……

『哟吼！贝壳小船，极速前进！』
『喂——拜拜了——！』
不一会儿，贝壳小船被冲上了岸，小休来到了一座小岛上。在这座小岛上……
『哇！』
『好多好多香蕉啊!!』
『啊，在那儿，在那儿！』
『喂——小休——』

大家摘了好多香蕉，
堆成了一座小山。

「走，回去吧！」

「喂——」

「小休在海岛上，
找到了好多好多香蕉！」

大家饱饱地
美餐了一顿。

「赶海，
真是太好玩了！」

小休和阿兜
好饿好饿的露营
今天要在山里露营。大家都去钓鱼了，打算用钓来的鱼做晚餐。小休一个人留下来，负责做米饭。
「我来看看，米饭做得怎么样了？」
「我先来尝一尝吧。」
「我们回来了，小休。」
「连一条鱼也没有钓到……」
「对不起，我们没有菜吃了，你好不容易做好了米饭……」

『哎？怎么是空的!!』
『因为我肚子饿了嘛！』
『我们肚子也饿得咕咕叫啊!!』
『啊，拿来当点心的香蕉也全部被吃光了！』
『没有办法，只好饿着肚子睡觉了。』
大家很不高兴地钻进了睡袋。
『小休真是的……』
『晚安——啊嗯啊嗯。』

骨碌，骨碌，骨碌……
「啊嗯啊嗯……」
骨碌。
嗷——
呜——
天亮了。
「肚子饿得没睡好觉……」
「哎，小休怎么不见了？」
这时候，在山的那边……
「哎呀。」
「呼——呼——」

『那里掉了一条鱼，
把这个也一起
煮着吃了吧。』
『第一次看到这种鱼。
怎么做才好吃呢？』
『是煮了吃，
还是烤了吃呢？』
『我来查查看……
在这里。』
鱼类百科
hé tún
河豚
危险
很好吃，但是
有毒，危险。
具有能把成年
熊杀死的毒性。
—70—
『有毒!!』
『啊，它醒了！』

「呀，好可怕啊!!」
「快逃！」
熊慌慌张张地跑掉了。
「哈啊，睡醒了。」
「哎？这是哪里啊？」
这个时候，大家正在……
「唉——到了早上，还是钓不到。」
咕——
咕噜噜噜。
「肚子好饿……」
「喂——大家早上好啊！」
「啊，是小休！」
「背着什么东西呢。」

『锵锵——』
『哇——!!』
『原来小休早早起来去钓鱼了啊？』
『是的，咳咳。』
『这些全是我一个人找到的。』
『你太厉害了，小休！』
『啊，肚子饿得咕咕叫了。吃饭了——』
大家埋头大吃，加了好多饭，吃得肚皮都快要撑破了。太好了！

小休和阿兜 七夕节到了

今天是七夕节。在纸条上面写好自己许的愿，再把纸条挂起来吧。
『小休，你怎么不写呢？』
『过一会儿再说……』小休说完却一动不动。
熊猫的秘密
『喂，大家一起去买东西了哟。』
『好的！』

『我在家里看家。』
『哎？』
『好奇怪啊，小休每次都吵着要出门的……』
『那我们走了啊！』
砰！
一跃而起。
『大家都走了。嘿，趁现在……』
沙沙沙，沙沙沙。
哎哟哟，大家的纸条……
我想要别人带我去游乐园
很多很多甜甜圈
小休
小老鼠
我想记住很多歌词
吃
很多香蕉
小休
小老鼠
我想能自己一个人做煎鸡蛋
吃
小休
小老鼠
我想长得高高的，手能够到星星
很多很多巧克力
小休
小老鼠
图画笔
我想成为点心师
吃
小休
小老鼠
『这样就行了！』

『愿望都被我一个人占了。
嘿嘿嘿……』
就在这时，
院子里传来一个声音：
『家里有人吗？』
『点心做得太多了，分给你们一些吧。』
『哇啊，太感谢了!!』
『快递来了——
里面是什锦巧克力。』
『太好了！』
『今年香蕉丰收了，请大家尝尝吧。』
『谢谢了!!』

「太厉害了，许的愿真的实现了！」
「我要一个人吃光——」
就在这时，一阵剧痛——
铛——
「啊!!」
「我们回来了，小休。」
「买了很多礼物哦！」
「哎？」
「疼死了——我的牙好疼啊!!」

「因为你总是不好好刷牙……」
「哇，不得了了!!这些东西是怎么回事啊？」
「真好吃！」
「嘘，别让小休听到了哦。」
「小休不能吃，好可怜啊。」
啊呜啊呜。
「嗯!!」
「啊，对了！」
小休急急忙忙地在纸条上面写上字，挂到了竹子上。
等牙不疼了，我也想和大家一起开心地吃好吃的。
小休

没过多久……
『哎？』
『不疼了，好了!!』
『大概是冷敷见效了。明天你去看看牙医吧。』
『给，小休最喜欢吃的紫菜寿司卷。』
『哇啊，肚子咕咕叫了！小星星，谢谢你了。』
七夕节繁星灿烂的夜晚。

小休和阿兜
堆雪人
下雪了！大家一起来堆雪人吧！
『我要堆一个大大——的雪人。嘿哟，嗨哟。』
轰隆。
『哎呀！』

「小休，你要到哪里去啊？」
「嘿哟，嗨哟……」
「嗯，推不动了。」
「去把大家都叫来吧。」

「妈妈，雪球滚过来了。」
「哎呀！」
「浇上草莓果子露，做今天的甜点吧。」
唰——
「哇，像刨冰一样！」
「真的有那么大吗？」
「嗯，这个用来做大脑袋。」
嘿哟，嗨哟……

「啊!!」
「我的雪人被吃掉了！呜呜——」
「哎哟哟，对不起！」
「我回来了。出什么事了？」
「啊，爸爸！」

听了事情的原委之后，企鹅爸爸对小休说：
『真是太对不起你了。为了表示歉意，我教你一个好玩的事情吧。』
说完，企鹅爸爸把他们带到了湖面上。
『太厉害了，全都冻住了……』
『你看好了啊……』
『哇啊！』
活蹦乱跳的……
『你也来试试看。』

小休也钓上来
好多好多鱼！
小企鹅还教大家
学会了滑冰。
真是一个愉快的
下雪天。

小休和阿兜 风筝大赛

明天就是风筝大赛了，大家都在做自己的参赛风筝。可小休……
『我要做一个不得了的风筝！』
『对！一定要拿到第一名！』
『拿到第一名，就可以领到很多很多年糕。』
新春
风筝大赛
地点在猿山村草地上
早10:00开始
一等奖
欢迎大家参加！
现做的年糕管够哟
『哈，我们先睡了，晚安！』
『啊，年糕！好令人期待啊！太激动了！』

可是，
第二天早上……
『风筝大赛马上就要开始了！』
『昨天晚上搞得太晚了，所以早上起不来了。小休，快点快点！』
『等等我，等等我，我还没吃完早餐呢！』
啊呜啊呜，咕嘟！
微笑黄油
喔喔喔——
『我吃完了。快点走吧！』
哒哒哒！
嘣！
飘了起来。

「啊，小休！」
飘啊，飘啊……
「哎呀！」
「不好了！」
「大家赶紧抓住小休！」
就在这时，又刮来一阵大风……
嘣——
「哎呀——」

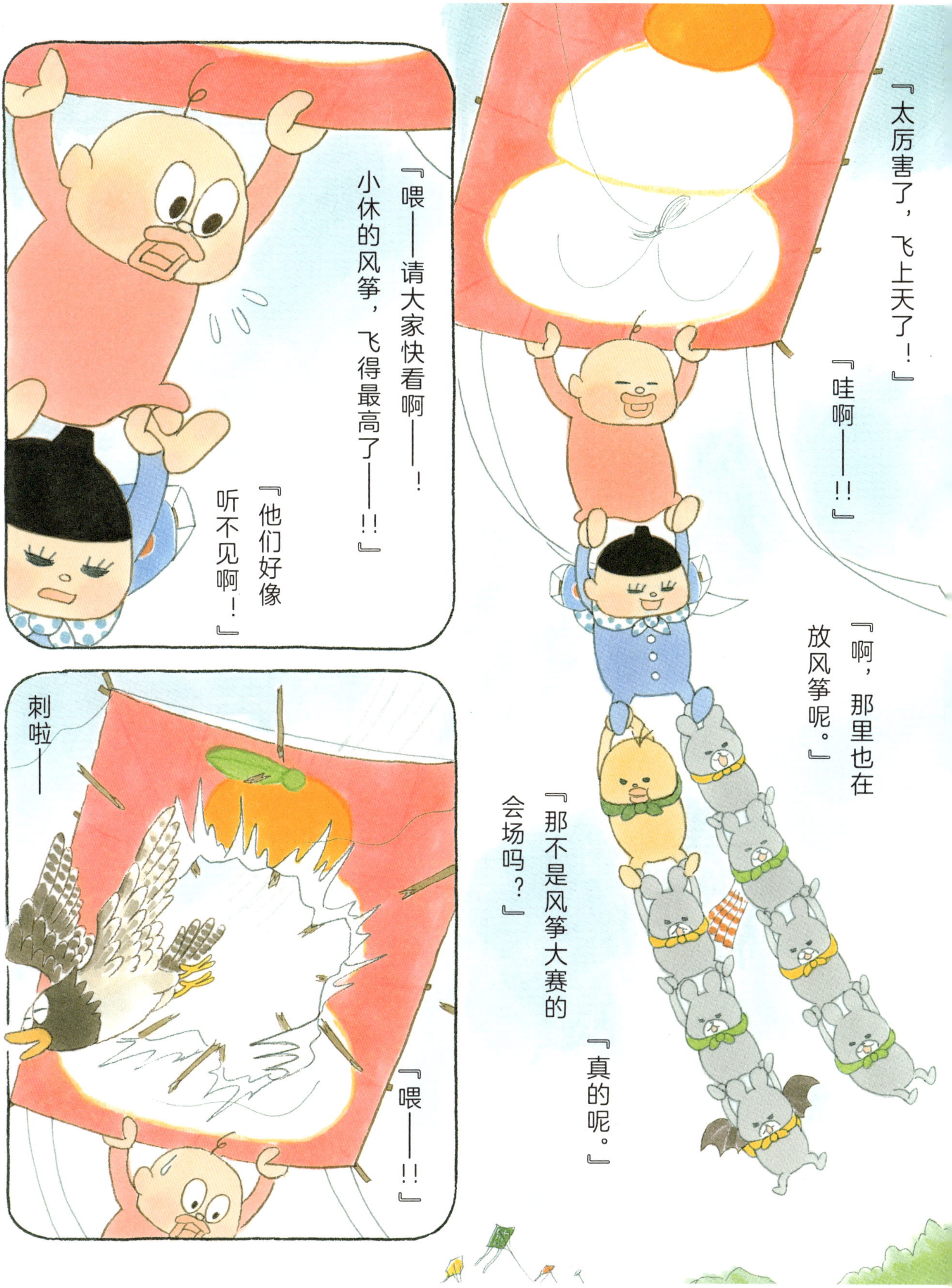
『太厉害了，飞上天了！』
『哇啊——!!』
『啊，那里也在放风筝呢。』
『那不是风筝大赛的会场吗？』
『真的呢。』
『喂——请大家快看啊——！小休的风筝，飞得最高了——!!』
『他们好像听不见啊！』
『喂——!!』
刺啦——

『哎呀——要掉下去了——!!』
呼——
『啪!』
扑通!
扑通!
扑通!
扑——通!!
『什么东西?!』
猿山村主办
风筝大赛
『你们不要紧吧?』
『多亏了年糕才得救了!』

那么，到底谁得了第一名呢？

『下面公布比赛结果。
最后决定，第一名奖给乘着风筝
来到会场的小休！』

『哇啊——胜利了!!』

平时总是很贪吃的小休，
今天把奖品年糕高高兴兴地分给了大家一起吃。
真了不起，小休！

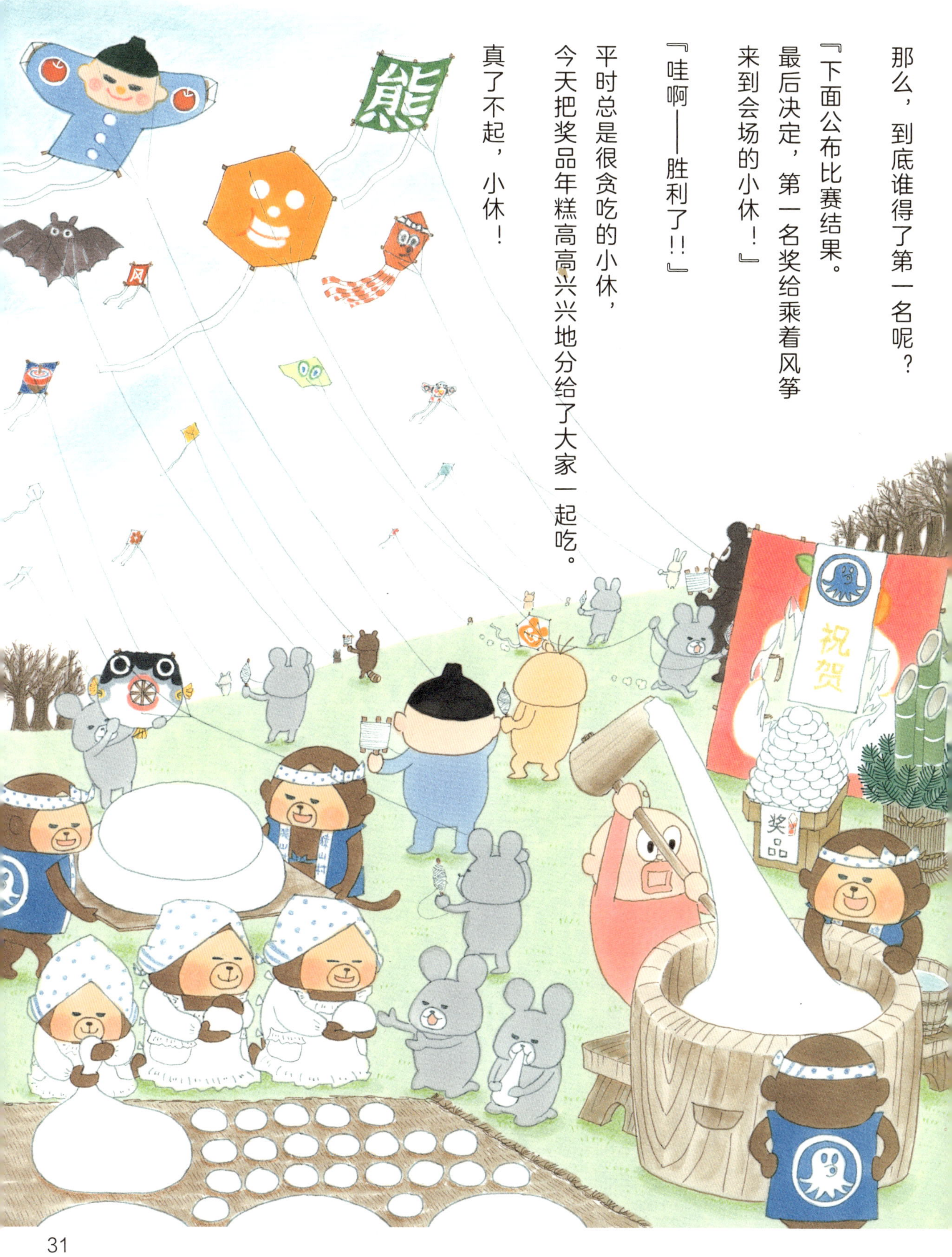

版权登记号 图字：19-2021-160 号

原版设计/坂林美香

图书在版编目（CIP）数据

好饿好饿的露营 / (日) 工藤纪子绘、著；周龙梅译. -- 深圳：海天出版社, 2022. 11
（工藤纪子幸福之旅系列）
ISBN 978-7-5507-3336-7

Ⅰ. ①好… Ⅱ. ①工… ②周… Ⅲ. ①儿童故事－图画故事－日本－现代 Ⅳ. ① I313.85

中国版本图书馆 CIP 数据核字 (2021) 第 233240 号

好饿好饿的露营
HAO E HAO E DE LUYING

出 品 人 聂雄前　　责任编辑 邱玉鑫 陈少扬
责任技编 陈洁霞　　责任校对 万妮霞　　装帧设计 王 佳

出版发行 海天出版社
地　　址 深圳市彩田南路海天综合大厦（518033）
网　　址 www.htph.com.cn
订购电话 0755-83460239（邮购、团购）
设计制作 米克凯伦（深圳）文化传媒有限公司
印　　刷 中华商务联合印刷（广东）有限公司
开　　本 787mm×1092mm 1/16
印　　张 2.5
字　　数 30 千
印　　数 1—5000 册
版　　次 2022 年 11 月第 1 版
印　　次 2022 年 11 月第 1 次
定　　价 42.00 元